雷女悠奧

劉秀美 主編・賴奇郁 著・黃岳琳 繪

主編・劉秀美

國立東華大學華文系副教授。研究專長海外華文文學、臺灣原住民文學、民間文學、通俗文學。著有《五十年來的臺灣通俗小說》、《臺灣宜蘭大同鄉口傳故事》、《從口頭傳統到文字書寫——臺灣原住民族敘事文學的精神蛻變與返本開新》、《火神眷顧的光明未來——撒奇萊雅族口傳故事》、《山海的召喚——臺灣原住民口傳文學》、《土地的詩意想像——時空流轉中的人、地方與空間》等。

作者・賴奇郁

國立東華大學中國語文學系博士。現任國立中山大學西灣學院博士後研究員、《中國現代文學》期刊執行編輯。著有《故事薪傳：賴王色的民間文學傳講》、《臺灣紋面族群遷徙傳說研究》等。

繪者・黃岳琳

國立東華大學華文文學系畢業。目前為自由插畫者。喜歡鮮豔飽和的顏色，也喜歡藏一些情緒在文字裡，但沒想過有天會將他們放在一起，成了可以在裡面藏滿彩蛋的繪本。

【系列序】走進神祕的繪本森林

劉秀美

日本紀實文學家柳田邦男提倡「三讀繪本」，他認為人生有三階段適合讀圖畫書，一是童年時期的自在閱讀，二是撫育孩子時的陪讀，三是人生後半段參透生老病死的悟讀，繪本在人生的不同生命歷程中扮演著各式各樣的角色。飽滿圖像藝術的繪本，宛如魔法一般，從圖像與文字間生發出無限不可能的「被看見」。因此，那是一座從兒童到大人都能浸淫其間的森林，讓生命有了更多層次的色彩，伴隨著我們日漸老去。

有沒有這樣的繪本？在童年時期自在優游閱讀中，能夠走入腳下所踩土地的故事；與孩子共讀時，能激起心中的一些本土想像；在人生走入終章時，能返老還童的回歸生命的始源單純。

「很久很久以前我們也有文字呢！我們曾經也是有文字的民族。那一年，大雨不斷的下著，大洪水淹沒了人類所有的物品，人們急急忙忙的逃水而去，漢人把文字寫在樹皮放進罐子裡，我們把文字寫在石頭上。石頭和罐子都被洪水沖走了，我們的文字隨著石頭沉入大海，從此不見蹤跡，漢人的文字裝在罐子裡漂在水面，因此文字被保存下來。因為沒有文字，我們無法用文字記下事情，因此很辛苦。」臺灣原住民傳說如此敘述著失去文字的委屈與緣由。

兒童的視野隨著那滔滔洪水滾動中的罐子與迅速下沉的石頭而游移，文字的重要悄然走入心中。洪水滔天、天地變色，不需文字，伴讀的成人「看見」

了人類歷史可能的「重演」，大自然無聲的抗議，不是早就在那兒了？當人生經歷過千滋百味，洪水過後的寧靜正是心中的一畝自在田。

　　遠古以來，臺灣原住民族在島嶼上安居、獵耕，各族你來我往，形成多元而豐富的原生文化。部落口耳相傳的神話、傳說、故事展現了這片土地精彩的民俗風情與文化精神。這些承繼傳統與歷經時空變異所積累的口傳文學，正是臺灣先祖在這片土地的智慧精華寶庫。臺灣原住民十六族因歷史與社會情境的差異，風俗文化或有不同，然而各族在代代相承下一致的是順應自然、與自然共處，敬畏天地、珍愛萬物、與人分享，成為真正的土地守護者。舉凡神話、傳說、禁忌皆傳達了此種精神。這是一座充滿純真、智慧、勇敢與包容的神祕森林，等待著更多的色彩豐富它。

好久好久以前，賽夏族的人們一直都住在山裡，
對農耕技巧一無所知，
只能用傳統的工具拔草、翻土，非常辛苦，
花了好多時間才能開墾一小塊田地，
過著簡單而清苦的生活。

天上的雷女悠奧心地善良，
有一天看到不懂如何種植農作物的賽夏族人，
生活太艱苦了，她決定要幫助這些人。

於是，雷女悠奧帶著小米種子，
下凡來到人間。

族人從來沒有見過她，紛紛睜大眼睛，好奇地問：「妳是誰？」
悠奧說：「我是雷女，負責打雷的。」

族人哈哈大笑說：

「別開玩笑了，雷哪是人打的？」

悠奧說：

「是真的，我看你們太辛苦，所以來幫你們開墾土地。」

15

接著，悠奧要族人把農作用的鐮刀和柴刀等距離插在土裡，
大家半信半疑照著悠奧的話做。

17

突然「轟」的一聲、雷聲轟隆，閃電如巨龍飛騰，
冒出一陣陣火光，煙霧瀰漫。
有人嚇得不知所措，蹲了下來遮住眼睛、搗住耳朵，
甚至躲了起來。

直到煙散了，大家走近一看，
發現田裡的雜草燒個精光，農地也都翻整好了。

20

悠奧拿出小小的種子給族人。
「這可是能長出神奇小米的種子。」悠奧說。

悠奧教導族人如何栽種，
長出了像是葫蘆的巨大果實。

23

把果實剖開後，裡面竟然有滿滿的小米。

悠奧對族人說：「果實裡的小米只要取一點點，
就能煮一大鍋飯，但是千萬不可貪心。」

族人個個滿心歡喜地抱著神奇的果實回家。

26

自從雷女下凡教導耕種方式，改善了賽夏族人的生活，
他們歡欣鼓舞，認為悠奧是大恩人，
因此將她留在部落裡一起生活。

27

一個部落青年愛上悠奧，希望能娶她為妻。

悠奧為難地說：「我不能觸碰鐵器、鍋子，無法進廚房料理三餐。
如果你能答應我的請求，那我就嫁給你。」
青年和家人連考慮都不考慮，便一口答應了悠奧的要求。

結婚後，悠奧每天辛勤地到田裡耕作，
產出豐饒的農作物，一家人非常幸福地生活著。

只是礙於禁忌，悠奧一直不下廚。

日子久了，長輩忘記當時的約定，對悠奧不進廚房、不煮飯，心生不滿，
再三要求她做一頓飯給他們吃。

34

悠奧很傷心長輩忘了先前的約定。

不得已，悠奧只好進了廚房煮飯，
害怕觸犯禁忌的她，用顫抖的手去觸摸鍋子後──

忽然，廚房內傳出巨大的爆炸聲，
雷火交加、天崩地裂似的，燃起熊熊大火！

一瞬間，悠奧與廚房都消失不見，只剩一棵芭蕉樹矗立在窗口。
悠奧乘著雷電回到天上的家園……。

41

悠奧消失後，人們也忘記她的叮嚀，
有一位族人以為把神奇果實裡的小米全部煮了，
可以獲得無窮無盡的食物。

然而不但沒有獲得更多的食物，
小米果實也失去了它的神奇功能。

人們又得繼續辛勤耕作，才能獲得足夠的糧食。

《雷女悠奧》故事說明

「雷女傳說」廣泛流傳於賽夏族，是族內三大傳說之一，不同講述者內容或有變異，田野調查即採得十五則異文，但神奇小米、打雷整地和廚房變芭蕉樹的情節單元，在各傳說中幾乎不曾被遺忘。雷女與賽夏族的祈天祭有關，祭典中的雷女是族群的農業保護神[1]，雷女在傳說中為賽夏族人帶來小米種子，具有改善耕種的能力，與祈天祭祈求天候正常以利農耕的目的相符。賽夏族重要的矮靈祭祭歌中也有與雷女相關的歌詞[2]。

雷女為賽夏族傳說，口傳異文略有差異，本書以金榮華教授田野調查集《臺灣賽夏族民間故事》中所收錄的〈雷女的故事〉[3]為本改寫，故事來源為賽夏族人講述。

1 參考潘秋榮：《小米、貝珠、雷女：賽夏族祈天祭》（臺北縣：臺北縣政府文化局，2000 年），第 123 頁。
2 參見林修澈：《臺灣原住民史·賽夏族史篇》（南投市：臺灣省文獻會，2000 年），第 190 頁。胡台麗、謝俊逢：〈五峰賽夏族矮人祭歌的詞語譜〉，《中央研究院民族學研究所資料彙編》8(1993.11)，第 1-77 頁。
3 金榮華：《臺灣賽夏族民間故事》（臺北：中國口傳文學學會，1994 年），第 53-59 頁。

雷女悠奧考考你

1. 我負責打雷的工作。你知道大自然裡，雷、閃電形成的原因嗎？

2. 為何我一觸碰鐵器就會發生爆炸、冒出火光？

3. 我希望大家都能愛惜食物，人人有足夠的糧食。你能做到嗎？

賽夏族 • 紋飾說明

雷女悠奧是賽夏族重要的神祇，她為族人帶來了小米的種子。為了紀念悠奧，賽夏族人在織布時以雷電意象織出二道交錯的閃電，這就是今日賽夏族具集體文化象徵意義的「雷神紋」，日字紋則是由雷神紋變化而來。

此則繪本呈現的是雷女下凡幫助族人的故事，當時這兩個圖紋尚未產生，因此繪本中族人的服飾沒有使用這兩個文化圖紋。

• 圖 1 連續的雷神紋常運用於服飾，
　圖中包含順時針與逆時針版

• 圖 2 日字紋

圖源：苗栗縣賽夏族瓦祿部落發展協會

臺灣本土繪本‧臺灣原住民族 1　PG2480

雷女悠奧

主編／劉秀美
顧問／金榮華
作者／賴奇郁
繪圖／黃岳琳
責任編輯／姚芳慈
圖文排版／劉肇昇
封面設計／劉肇昇

出版策劃／秀威少年
製作發行／秀威資訊科技股份有限公司
114 台北市內湖區瑞光路76巷65號1樓
電話：+886-2-2796-3638
傳真：+886-2-2796-1377
服務信箱：service@showwe.com.tw
http://www.showwe.com.tw

郵政劃撥／19563868
戶名：秀威資訊科技股份有限公司
展售門市／國家書店【松江門市】
104台北市中山區松江路209號1樓
電話：+886-2-2518-0207
傳真：+886-2-2518-0778

網路訂購／秀威網路書店：https://store.showwe.tw
　　　　　國家網路書店：https://www.govbooks.com.tw
法律顧問／毛國樑　律師

總經銷／聯寶國際文化事業有限公司
地址：221新北市汐止區康寧街169巷27號8樓
電話：+886-2-2695-4083
傳真：+886-2-2695-4087

出版日期／2022年2月　BOD一版　定價／380元
ISBN／978-986-99614-2-4

秀威少年
SHOWWE YOUNG

國家圖書館出版品預行編目

雷女悠奧 / 劉秀美 主編 ; 賴奇郁 著 ; 黃岳琳 繪. --
一版. -- 臺北市 :
秀威少年, 2022.2
面 ; 公分. -- (臺灣本土繪本. 臺灣原住民族 ; 1)
BOD版
ISBN 978-986-99614-2-4(平裝)

863.859   109021413